# BomBecBoy

Des mêmes auteurs / dans la même collection

Les Chauves-souris

# BONBECBOY

Christelle Saquet • Hervé Le Goff

## LE TIGRE DE TASMANIE

l'élan vert

# Chapitre 1

Salut ! Je m'appelle Léo. J'ai neuf ans et je suis en CM1. Rien de très original. Comme tout le monde, mon moment préféré à l'école, c'est la récré. J'aime bien les sciences aussi et le sport. Je joue au foot tous les mercredis avec mes copains. Je vous l'avais dit, rien de très original. J'adore les animaux. J'ai un chien qui s'appelle Réglisse. Il est tout blanc. Là, ça commence à devenir original… Ce qui est original aussi, c'est mon passe-temps.

Vous parieriez sur quoi ? Construire des maquettes d'avions, lire des romans d'aventures, faire du vélo ? Raté ! C'est rien de tout ça. Moi, ce qui me botte dans la vie, c'est d'aider les animaux. Remarquez, entre un père pompier et une mère vétérinaire, j'ai de qui tenir ! Un chien errant dans la rue, je cherche son propriétaire par tous les moyens. Un chat perché dans un arbre et je m'essaie à l'accrobranche. C'est vrai que ce n'est pas un passe-temps de tout repos, mais quel bonheur d'entendre les ronronnements d'un chat qui a regagné les bras de son maître...

Parfois, quand je retrouve les animaux qui ont fait la une des poteaux électriques et des annonces en boulangerie, leurs propriétaires insistent pour me donner une récompense. Moi, ma récompense, je l'ai déjà eue par leur sourire et les battements de queue de leur chien. Mais ils insistent. Alors, j'accepte les consoles de jeux, les séjours à Disneyland et même les hoverboards. Non… Plus sérieusement, j'accepte simplement… un bonbon. Un seul, que je me garde bien de manger. Je le glisse discrètement dans ma poche et, le soir, dans ma chambre, je l'enferme dans un bocal en verre posé sur ma table de nuit. Je l'appelle mon « bocal à mercis ».

Avant de m'endormir, je le regarde se remplir de tous ces petits mercis colorés. Je repense ainsi à tous ces animaux que j'ai aidés. Autant vous dire que les rêves que je fais ensuite sont trop cool. Moi, super-héros, volant au secours des baleines et des ours polaires… Si, si, des ours polaires ! Il faut voir grand dans ses rêves. Et lorsque ces rêves deviennent réalité, alors là, accrochez-vous car c'est carrément super original. Vous allez voir…

## Chapitre 2

Un après-midi, en sortant de l'école, j'entends des petits aboiements plaintifs et aigus provenant d'une ruelle. Sûrement un chiot en détresse. Ni une ni deux, je pars à sa recherche. Guidé par le son de ses jappements, je ne tarde pas à découvrir, blottie entre deux poubelles, une petite boule de poils assez curieuse. Pour ne pas l'effrayer, j'approche tout doucement ma main de son museau. Le chiot me renifle. Je n'en mène pas large.

Pourvu qu'il n'ait pas envie de croquer de la viande fraîche... Je déplace ma main sur le haut de sa tête et l'effleure du bout des doigts. Je le sens d'abord frémir de peur puis, caresse après caresse, il s'apaise et m'offre une léchouille !

Lentement, je le prends dans mes bras en faisant bien attention à ne pas lui faire mal. Il est peut-être blessé. Je l'observe. Il est vraiment étrange comme chiot. Le pelage ras, jaune rayé de bandes sombres avec deux oreilles arrondies et dressées. Un chiot-tigre ! C'est peu commun ! Sa queue est raide comme celle d'un kangourou. Un chiot comme ça, je n'en ai encore jamais vu ! Et pourtant, j'en vois défiler des chiens dans le cabinet de ma mère.

Je le repose par terre pour voir s'il est capable de tenir debout sur ses pattes.

Il fait quelques pas. Donc, apparemment, rien de cassé. Je lui caresse généreusement la tête. Il semble m'apprécier et commence à se sentir en confiance. J'en profite pour détacher le petit médaillon argenté accroché à son collier. Je le retourne et découvre une adresse gravée. Sauvé ! Je vais pouvoir raccompagner ce petit chiot-tigre-kangourou chez lui. Direction le 5, rue du Séquoia !

Il se blottit dans mes bras et nous nous mettons en route. Je le trouve vraiment peu ordinaire mais mignon dans son genre. Encore quelques pâtés de maisons à traverser et nous y serons. Mais bizarrement, plus on se rapproche de chez lui, plus je le sens trembler dans mes bras. Aurait-il froid ? Ça y est, nous y sommes ! Je sonne…

La porte s'ouvre brusquement :

– C'est pourquoi ? me lance un homme bourru d'une grosse voix de fumeur de cigares.

– Je vous rapporte votre chiot. Je l'ai trouvé dans une ruelle. Il avait l'air si perdu…

Son visage sombre s'illumine d'un seul coup d'un large sourire :

– Oh ! Merci mon p'tit. Ça c'est vraiment gentil. Je l'ai cherché partout pendant des jours. Mais rien à faire. Il était introuvable. Je me faisais un sang d'encre en l'imaginant tout seul, perdu dans cette grande ville.

L'homme saisit l'animal par la peau du cou et lui donne une petite tape sur la tête en guise de bienvenue. Le chiot tente de lui mordre le doigt. Curieuses, ces retrouvailles…

– Tu mérites une récompense !

– Pas la peine, m'sieur. Votre petit chien est sauvé, c'est tout ce qui compte.

L'homme fouille dans sa poche et en sort un bonbon peu appétissant, du style de ceux oubliés lors d'un lavage en machine.

– Tiens, c'est pour toi. Tu verras, il est délicieux !

– J'en doute pas m'sieur. Merci !

Je glisse le bonbon dans ma poche et abandonne mon petit rescapé avec le cœur serré et un mauvais pressentiment. Le chiot, dans les bras de son propriétaire, me lance un regard triste. Il devrait pourtant être content de retrouver son maître… Il devrait lui faire la fête, le couvrir de bave de joie et pousser de petits glapissements de bonheur. Mais rien de tout cela…

Alors, lorsque l'homme tourne les talons en laissant la porte entrebâillée, c'est plus fort que moi : je me faufile discrètement à l'intérieur.

Je le vois qui emprunte un escalier menant à une sombre cave. Prenant mon courage à deux mains et frôlant les murs, je le suis sur la pointe des pieds :

– Alors, sale tas d'poils ! Te voilà enfin de retour ! Tu vas retrouver tes parents et… ta prison. Et compte sur moi pour ouvrir l'œil. C'était la dernière fois que tu prenais la poudre d'escampette.

Dans l'obscurité, il ouvre d'un geste brusque la porte d'une gigantesque cage et y jette le chiot. Le malheureux gémit et file se blottir entre les pattes de ses parents, deux molosses tigrés comme lui.

Soudain son portable sonne :

– Allo ! C'est bien vous M. Griffe ? Rassurez-vous. Je l'ai retrouvé. Nous allons pouvoir faire affaire comme prévu. Oui. C'est ça : un million viré sur mon compte et l'animal est à vous. Pour passer les douanes j'ai mis au point une petite combine infaillible…
Je vous attends demain à la tombée de la nuit, c'est plus sûr.

Il termine la conversation par un rire des plus sinistres faisant frissonner de peur les trois animaux derrière leurs barreaux de fer. J'en profite pour prendre mes jambes à mon cou et sortir de cet enfer.

De retour chez moi, je ne peux m'empêcher de penser à ce chiot au regard si triste et à l'horrible scène à laquelle je viens d'assister.

Dommage que maman soit de garde ce soir. J'aurais pu l'alerter et l'interroger sur cet étrange animal pouvant valoir un million d'euros. Mon regard se pose sur les différents livres de la bibliothèque du salon : *La Grande Encyclopédie des chiens*, voilà qui pourrait répondre à ma question.

Je me saisis du livre et parcours les pages. Malheureusement, aucune photo ne correspond au chiot-tigre-kangourou.

LES CHIENS
LES CHIENS

Pourtant je n'ai pas rêvé. Ce chiot avait bien des rayures comme un tigre et… Et si ce n'était pas un chien ? Si cet animal était plutôt une espèce de tigre justement ? Voyons voir si je trouve un livre sur les animaux sauvages…

– Léo ! À table ! appelle papa.

Mes recherches devront patienter jusqu'à la fin du repas.

J'engloutis mon assiette de spaghettis bolognaise en manquant de m'étouffer sous le regard amusé de mon père.

– Tu as une faim de loup ce soir ! Ou alors, je m'améliore en cuisine.

J'esquisse un sourire et avale mon yaourt d'une traite avant de filer dans ma chambre, *L'Univers des animaux sauvages* sous le bras et Réglisse à mes baskets. Couché sur mon lit, je feuillette le chapitre sur les tigres. Un tigron, moitié tigre, moitié lion… Non… un léopigre, moitié léopard, moitié tigre… non plus… Qu'est-ce que ça peut être ? Un chiot-tigre-kangourou… ? Kangourou ! Je n'ai pas encore exploité cette piste !

– Extinction des feux dans dix minutes ! me lance papa depuis la cuisine, avec son humour de pompier.

Déçu de ne pas avoir eu le temps de trouver une réponse, je cache le livre sous mon lit et je vais me mettre en pyjama. Je vous passe mon brossage de dents et ma pause pipi. Je me glisse sous ma couette, mon bonbon-merci du jour à la main.

– Bonne nuit mon grand ! Fais de beaux rêves !

– Bonne nuit P'pa. À demain.

J'allume ma lampe de poche et me saisis du bocal à bonbons. Je dévisse le couvercle et constate qu'il est presque plein. Il reste à peine une petite place pour mon bonbec du jour. Je l'examine sous toutes les coutures. Pour la première fois, j'ai du mal à associer ce bonbon à un merci. J'ai plutôt l'impression qu'il sonne comme un appel au secours. Je repense au regard triste du chiot rayé. Il faut que j'en sache davantage à son sujet.

Je tasse bien les bonbons pour pouvoir placer le nouvel habitant dans le bocal. Il va falloir que je pense à m'en procurer un plus grand… Bon, pour le moment, j'ai d'autres chats à fouetter. Vraiment trop nulle cette expression.

Je replonge dans ma lecture, direction le chapitre consacré aux kangourous. Je ne m'endormirai pas avant d'en avoir eu le cœur net. Sur les photos je regarde les marsupiaux et leur longue queue raide qui leur sert d'appui pour bondir. C'est bien une queue comme ça qu'il a mon drôle de chiot ! Je tourne la page et regarde une carte de l'Australie situant les différentes espèces.

Soudain, je l'aperçois, là, sur une île au sud de l'Australie. C'est bien lui ; mon chiot-tigre-kangourou est originaire de Tasmanie !

Je fonce à la table des matières et regarde le numéro de la page correspondant aux animaux de cette île : page 321.

Le chapitre commence par un grand article sur le diable de Tasmanie. Puis, je le vois, mon chiot-tigre-kangourou. L'article se nomme : « Le thylacine : une espèce disparue ». Quoi ? Ai-je bien lu ? Une espèce disparue ?

Je me jette sur l'article :

*Le tigre de Tasmanie, également appelé thylacine, était un mammifère marsupial carnivore, au pelage rayé. Il mesurait entre 1 mètre et 1,80 mètre de longueur et pesait entre 20 et 30 kilos. Sa taille s'apparentait à celle d'un loup. Le dernier thylacine sauvage fut abattu en 1930 par un fermier qui craignait pour son poulailler.*

– Ça alors ! tu entends Réglisse ? Notre chiot-tigre-kangourou serait un thylacine ; une espèce disparue… Comment c'est possible ?

Pour toute réponse, Réglisse se cache les yeux derrière ses pattes avant.

– Tu as raison mon chien. Il est plus que l'heure de dormir !

Mais après une telle découverte, pas facile de fermer l'œil. Je regarde mon bocal à mercis rempli à ras bord et j'essaie de me souvenir des animaux liés à chacun. Au bout d'un moment, le sommeil m'emporte enfin, mais pas pour bien longtemps.

# Chapitre 3

Réglisse me réveille en me léchant à grands coups de langue. Beurk ! J'ai beau adorer mon chien, ses coups de langue sur mon visage sont vraiment dégoûtants. Bref, il me réveille et ça m'énerve car j'ai vraiment sommeil.

– Qu'est-ce que t'as, Réglisse ? Envie d'une croquette ? Envie de faire une pissette ?

Au regard qu'il me lance, je comprends vite que le problème n'est pas de cet ordre et qu'il se passe quelque chose.

Je tends l'oreille : aucun bruit. Rien de rien. Alors quoi… Réglisse aurait-il simplement envie de jouer à la baballe ? Je me tiens immobile dans mon lit. Réglisse m'imite. Il a même rentré sa langue qui d'habitude pendouille mollement sur ses canines. On écoute… Rien. Mais vraiment rien. Un rien bizarre !

Je me lève et ouvre la fenêtre. La lune est bien dans le ciel, les voitures sont bien garées dans la rue et les crottes de chien sont bien dans le caniveau… Alors qu'est-ce qui cloche ?

Soudain, mon regard est attiré par mon bocal à mercis. Je rêve encore ou je viens de le voir bouger ? J'hésite à m'approcher et à ôter le couvercle. C'est quand même dingue d'avoir peur d'un bocal de bonbons ! Je le fixe longuement et maintenant j'en suis sûr !

Il a bel et bien bougé. Il doit y avoir une bête plus ou moins affreuse, coincée au milieu des bonbons, que j'ai dû enfermer par erreur. Affreuse ou pas, la pauvre, il faut que je la libère !

Le courageux Réglisse a enfoui la tête entre ses pattes et tremble comme une feuille. Le bocal s'agite de plus en plus. La bête doit s'énerver. En tout cas, elle n'est pas gourmande car les bonbons sont intactes. Je saisis le bocal entre mes mains et l'observe attentivement. Je ne vois rien : pas un bout d'aile ni un poil de patte. La bête est toute petite et bien cachée… Une mite enragée, une fourmi déchaînée, un puceron diabétique ?

Bon, assez de suspense, je dévisse le couvercle. Et là, je sais, ça va vous paraître complètement fou, mais les bonbons sortent

du bocal, comme aspirés par une force étrange. Ils tournoient et s'agglutinent !

Ça me fiche tellement la frousse que je lâche le bocal. Mais, toujours aussi dingue, il ne tombe pas au sol. Il flotte dans l'air, là, devant moi. Réglisse pousse des gémissements. J'aimerais pouvoir le rassurer mais mes bras et mes jambes ne répondent plus. Je suis comme cloué au sol. Les bonbons tourbillonnent autour de moi. D'abord lentement, puis de plus en plus vite.

Je suis dans l'œil du cyclone. Leurs parfums sucrés envahissent mes narines. La tête me tourne et mes pieds décollent du sol.

Ensuite, c'est le trou noir. Je ne me souviens que de l'atterrissage. Un grand boum sur la moquette et moi par terre, étalé comme une crêpe en train de me faire léchouiller par Réglisse qui tente de me réanimer.

Je me relève et titube dans ma chambre. Je me sens bizarre. Je regarde mes mains… Elles sont recouvertes d'une drôle de substance, entre la guimauve et le chewing-gum. Je me dirige vers le miroir de ma chambre, et là, comme promis, c'est carrément hyper-super-méga original. La substance m'englobe des pieds à la tête et forme une véritable combinaison. Je ne suis plus Léo, élève de CM1 au passe-temps étrange. Non, je suis Bonbec Boy !

Là, tout de suite, tout est sens dessus dessous dans ma tête alors j'essaie d'y voir plus clair. Si je suis un super-héros, j'ai forcément un, voir DES super-pouvoirs. Je pense aux super-héros que je connais et je tente de les imiter. Je lève le poing comme Superman : je ne décolle pas du sol. J'allonge le bras, poignet en avant à la Spiderman. Aucune toile d'araignée n'est projetée. Rien. Y a bien un truc !

Tous les super-héros ont un truc. Je me mets à faire les cent pas dans ma chambre.

Soudain, une voix m'interroge :

– Qu'est-ce que tu as à t'agiter ?

Je m'arrête net :

– Qui me parle ? Qui est là ?

– Comment ça qui est là ? T'as perdu la vue ou quoi ?

– Je crois que je deviens fou, j'entends des voix.

– Non, pas des voix. La mienne. Eh oui ! ça change des aboiements !

– Réglisse ? Ça alors ! Je comprends tout ce que tu m'aboies, enfin, tout ce que tu me dis. Vas-y, aboie autre chose s'il te plaît !

– À partir d'aujourd'hui je veux des croquettes 100 % bœuf. Après tout, je suis le chien d'un super-héros, non ?

– C'est dingue ! Je te comprends !

– Alors, c'est oui pour les croquettes ?

– Euh…

– OK. On en reparlera plus tard.

Je redescends sur terre et me rends à l'évidence.

– J'ai une super-combinaison et j'ai un super-pouvoir puisque je comprends tes aboiements. Donc, je suis bel et bien un super-héros ! Alors… Action !

– Commence par aller rendre une petite visite au thylacine histoire d'en avoir le cœur net.

– Tu as raison Réglisse !

– Si tu n'y vois pas d'inconvénient, je vais t'accompagner car j'ai comme l'impression que, pour le moment, tu es un super-héros en cours d'apprentissage…

# Chapitre 4

Sous un croissant de lune rongé par les nuages, je fonce jusqu'à la maison du thylacine.

– C'est incroyable, Réglisse. J'ai traversé trois pâtés de maisons en courant et je ne suis même pas essoufflé.

– T'as bien d'la chance. Moi, je suis déjà carpette.

– Réfléchissons… Comment va-t-on entrer sans se faire repérer ?

– Hey ! c'est toi qui as la combinaison, je te rappelle. Donc, c'est toi qui as la solution. Creuse-toi les méninges, moi j'attends tes instructions.

– Y a bien cette fenêtre entrebâillée à l'étage, mais c'est beaucoup trop haut.

Réglisse se dirige alors vers la gouttière et lève une patte.

– Tu ne crois pas que le moment est mal choisi pour une pissette ?

– Pour qui tu me prends ? Je testais la solidité de la gouttière. Tu n'as qu'à essayer d'y grimper pour atteindre la fenêtre ouverte.

– Bonne idée Réglisse !

– Moi, je m'assois là et je t'attends. En cas d'urgence, tu n'as qu'à siffler. Tu sais, comme Zorro avec son cheval.

Je lui donne une petite tape affectueuse et agrippe mes deux mains autour de la gouttière.

J'appuie mes pieds contre le mur pour entamer mon ascension.

– Wahou ! Mes mains et mes pieds adhèrent à la paroi. J'ai l'impression d'être un gecko. C'est trop fa… aaaaah !

Je dégringole sous le regard inquiet de mon complice à quatre pattes.

– Rien de cassé ?

– Plus de peur que de mal.

– Je n'ai pas bien compris la fin de ta phrase. Tu disais que c'était trop quoi ? Fa… cile ? Fa… stoche ?

Un peu vexé mais remonté à bloc, je reprends ma grimpette directement sur le mur, domptant mon nouveau pouvoir au fur et à mesure de mes gestes. Arrivé au niveau de la fenêtre, je vois Réglisse qui m'adresse un clin d'œil de soutien et je disparais dans l'ouverture, avec la souplesse d'un chat.

À l'intérieur, tout est sombre. Mais moi, j'y vois comme en plein jour, à croire que j'ai des yeux de loup ! Encore un de mes super-pouvoirs ! La pièce semble être un débarras où s'entasse une multitude d'objets. Au mur, quatre fusils sont accrochés. J'en ai froid dans le dos et j'en oublie de regarder où je marche. Je me prends les pieds dans un filet de camouflage et me rattrape de justesse. Les puissants ronflements de la pièce d'à côté me confirment que je n'ai pas réveillé le propriétaire des lieux.

Je m'aventure dans l'escalier et poursuis la visite. Au rez-de-chaussée, un salon sert de musée où sont exposés des animaux empaillés et des trophées de chasse. J'ai le cœur qui se soulève de dégoût et de colère. Soudain, il est là, l'escalier qui mène à la cave. Je m'y dirige à la hâte et retrouve mes trois thylacines enfermés dans leur cage. Ils me regardent, les yeux brillants d'espoir. Alors très vite je leur explique :

– Je suis Bonbec Boy. Je comprends vos aboiements. Dites-moi, d'où venez-vous ?

Surpris, le plus gros des trois aboie doucement :

– Nous sommes des thylacines. Les derniers de notre espèce. Ce bandit nous a kidnappés depuis plusieurs années, ma compagne et moi. Depuis que notre petit est né, il n'a qu'une obsession : le vendre à prix d'or. L'acheteur doit venir demain, à la tombée de la nuit. Je vous en prie ! Emportez notre petit avec vous ou jamais plus nous ne le reverrons.

Je les observe. C'est incroyable ! Ces animaux sont bien des thylacines, espèce supposée disparue de la surface de la Terre. Il me faut agir vite. Vite et… bien. Réfléchissons une seconde : si je les fais s'évader, ou si j'emporte avec moi le petit thylacine, le trafiquant s'en apercevra dès son réveil. Il annulera la transaction et il sera impossible de coincer l'acheteur. Très vite, une idée me vient à l'esprit…

Je tente d'ouvrir la porte de la cage mais elle est verrouillée par un cadenas à code.

– 4 9 3 2 m'indique le thylacine. J'ai vu ce bandit le taper des centaines de fois.

Je compose le code et le cadenas s'ouvre. Mon chiot-tigre-kangourou se terre au fond de la cage. Il ne veut pas abandonner ses parents. Je le rassure :

– Aie confiance en moi, mon Thyti. Bientôt vous serez libres et réunis de nouveau tous les trois. Je te le promets.

Du bout de leurs museaux, les parents encouragent le petit à venir se blottir dans mes bras.

– Partez ! La porte, tout au fond de la cave, donne directement sur le jardin. C'est par là qu'il nous fait sortir pour nos besoins quotidiens.

– Allons-y !

J'ouvre la porte retenue par un simple loquet et me retrouve bientôt à l'air libre, mon petit tigre de Tasmanie dans les bras.

Dans la rue, Réglisse n'a pas quitté son poste. Il observe la fenêtre du premier étage, espérant me voir réapparaître au plus vite. Sans bruit, je m'approche de lui :

– Réglisse !

– Aaah ! Tu es là ! Tu m'as fichu une de ces trouilles ! Alors, raconte ! Thylacine ou pas thylacine ? Oh ! mais c'est ton petit protégé que je vois dans tes bras.

– Exactement ! Retournons à la maison le mettre à l'abri. J'ai un plan.

De retour dans ma chambre, je dépose le jeune thylacine sur mon lit.

– Réglisse, suis moi dans la salle de bains. Je vais avoir besoin de toi.

– Trop cool ! Être l'assistant d'un super-héros, c'est pas donné à tout le monde !

– Maintenant, ne bouge plus. Ce maquillage va faire des miracles.

– J'y crois pas ! Me déguiser en thylacine ! Moi, ton plus fidèle ami.

– Tu vas être parfait dans ce rôle. Crois-moi ! Allez, arrête de gigoter pendant que je dessine tes rayures.

– Hé ! C'est pas du marqueur j'espère ! J'ai la peau fragile. En plus, il va falloir que j'aille chez le toiletteur pour enlever tout ça. Et tu le sais bien, je déteste aller chez le toiletteur !!!

– Tu es parfait ! Si tu restes roulé en boule, ce bandit n'y verra que du feu.

– Roulé en boule, roulé en boule. J'suis pas un hérisson, moi !

– Allez, Réglisse. On y retourne avant que le jour se lève et que le trafiquant ne se réveille.

– Si ton plan fonctionne, j'aurai mérité une double ration de croquettes…

Mon opération commando terminée, j'ai un pincement au cœur d'avoir laissé Réglisse en otage… Mais pas le temps d'avoir des états d'âme ! Il faut que je m'endorme au plus vite. Je dois être en forme pour la suite de mon plan.

# Chapitre 5

Lorsque le réveil sonne, je crois d'abord à un rêve. Mais lorsque je vois le thylacine roulé en boule au pied de mon lit, je dois me rendre à l'évidence : tout ceci est bien réel. Quel jour sommes-nous ? Mardi ! Il faut donc que j'aille à l'école ! Sauf que pour le moment, je suis confronté à un problème que seuls peuvent avoir les super-héros : comment enlever ma combinaison ?

Aucune fermeture éclair, aucun bouton… Ah si ! J'ai parlé trop vite : j'ai de drôles de boutons en forme de bonbons sur les avant-bras : un rouleau de réglisse, une dragée de chewing-gum, un caramel, une tête brûlée… Rien d'anormal sur une combinaison de Bonbec Boy, me direz-vous.

J'appuie sur celui en forme de rouleau de réglisse et, un clignement d'yeux plus tard, je me retrouve avec un méga rouleau de réglisse dans les mains, version fouet ! Vraiment trop cool cette combi ! Elle est bourrée d'accessoires ! Il faut pourtant que j'arrive à l'enlever. Le temps presse…

Soudain, j'aperçois mon bocal à mercis par terre. Vide. Je ne saurais dire pourquoi mais je sens qu'il détient la solution. Je le saisis entre mes mains pour le ramasser. Une force invisible me soulève alors dans les airs et me fait tournoyer sur moi-même. Je sens ma combinaison se désagréger. Je vois les bonbons se reconstituer un à un devant mes yeux et suivre une espèce de spirale se terminant dans le bocal. En quelques secondes, je suis de nouveau en pyjama, mon bocal rempli de bonbecs entre les mains. Je le ferme et le dépose à sa place, sur ma table de nuit. Je m'habille en vitesse et file prendre mon p'tit déj comme si de rien n'était. Pas facile, j'avoue.

Mon père est justement aujourd'hui d'une forme olympique :

– Oh, toi, tu as mal dormi ! Tu n'as pas les yeux en face des trous…

Je suis pris d'un affreux doute et mon cœur s'emballe. M'aurait-il démasqué ?

– Non, non, Papa. Tout va bien. Pourquoi ?

– Regarde ! Ton tee-shirt, il est à l'envers !

Ouf ! Si ce n'est que mon tee-shirt…

Puis mon père éclate de rire et me lance :

– Allez mon grand, bois ton jus d'orange, ça va te faire du bien.

Je ne me fais pas prier et l'avale d'un trait avant de filer récupérer mon cartable dans ma chambre.

Une dernière caresse rassurante à mon Thyti caché sous mon lit et, au moment de fermer la porte, un dernier coup d'œil à mon bocal à mercis. Il a l'air de se tenir tranquille sur la table de nuit.

J'hésite…

Et puis,
juste au cas où,
parce qu'on n'est
jamais trop prudent,
je le glisse dans
mon cartable
et fonce à l'école.

La journée me paraît interminable. Réglisse et les thylacines envahissent mes pensées et je n'arrive pas à me concentrer une seule seconde sur ce qui se passe en classe. Je refais cent fois le plan dans ma tête : je sors de l'école, je récupère mon Thyti chez moi, je le dépose devant la clinique vétérinaire de ma mère avec un message attaché à son collier. Un message signé Bonbec Boy qui explique la situation. Puis, je file chez le trafiquant en espérant que l'acheteur soit au rendez-vous.

Driiiing ! La sonnerie des cours retentit. Je suis fin prêt pour passer à l'action. Enfin, ça, c'est ce que je pensais avant d'arriver chez moi et de m'apercevoir que dans la précipitation, j'avais oublié mes clés. Je suis bêtement coincé dehors. Vous parlez d'un super-héros ! Heureusement que ce matin, dans un moment de lucidité, j'avais pris mon bocal à mercis avec moi !

Ni une ni deux, je fonce me cacher derrière l'abri de jardin et j'ôte le couvercle du bocal. Instantanément, celui-ci s'agite, les bonbecs s'échappent et tournoient autour de moi. En moins de trois secondes, je suis de nouveau Bonbec Boy. Notez que cette fois, je termine ma transformation debout, sur mes deux jambes. Je progresse ! Il faut maintenant que je récupère mon petit tigre de Tasmanie.

Je me plaque contre le mur et grimpe façon gecko jusqu'au balconnet de ma chambre. Nouvel obstacle : la fenêtre est fermée. J'hésite… Si je la casse, il va falloir que je trouve une explication à donner à mes parents : un cambriolage ? un shoot raté avec mon ballon de foot ? J'ai peut-être une autre solution…

– Mon Thyti… Tu es là ?

Rien ne semble bouger dans ma chambre alors j'insiste en tapant aux carreaux :

– Thyti… Thyti…

Aucune réponse. Je sens mon cœur cogner dans ma poitrine. Et s'il était parti… Si le trafiquant avait démasqué Réglisse et retrouvé la trace de mon protégé…

– Bonbec Boy ? C'est toi ?

Ouf ! Le rideau bouge et j'aperçois le bout de son museau.

– Oui ! c'est moi ! Je sais que ça peut paraître étrange, mais je suis enfermé dehors. J'aurais besoin que tu ouvres cette porte-fenêtre.

Le petit thylacine ne se le fait pas dire deux fois et saute sur la poignée en s'aidant de sa queue de kangourou. Je le félicite avec quelques caresses et m'installe à mon bureau pour écrire le message :

Docteur,

Je vous confie ce bébé thylacine. Ses parents sont maintenus prisonniers au :

5, rue Du Séquoia

Je sais que je peux compter sur vous.

Merci d'avance.

Bonbec Boy

Après avoir relu trois fois le message pour être bien sûr que je n'avais pas fait de fautes d'orthographe, je le roule et l'attache au cou de mon Thyti.

– Et maintenant, direction la clinique vétérinaire. Je t'y dépose et je fonce sauver tes parents et Réglisse le courageux !

Arrivé à la clinique, je dépose incognito le thylacine devant la porte et appuie sur la sonnette avant de me cacher derrière l'une des voitures stationnées sur le parking. De là, je peux parfaitement observer la scène. Ma mère sort :

– Personne ? J'aurais pourtant juré qu'on avait sonné.

– Wouaf, wouaf ! (Je suis là, je suis là !)

– Oh ! Mais que fais-tu tout seul ici, toi ? Oh… Mon pauvre… Tu as été abandonné ?

Elle se penche pour mieux l'observer :

– Mais quel drôle de chien es-tu ?… et qu'as-tu de coincé dans ton collier ?

Elle déroule le message :

– Tiens, c'est drôle, cette écriture m'est familière…

Aïe, aïe, aïe ! Je n'ai pas pensé à modifier mon écriture… Quel super-héros à la gomme ! Pourvu qu'elle ne se doute de rien…

Puis elle lit et s'écrie :

– Un thylacine ! Je n'en crois pas mes yeux ! Tu es un thylacine ! Un tigre de Tasmanie ! C'est tout simplement incroyable ! Viens vite au chaud mon petit, je vais m'occuper de toi !

Maintenant que mon Thyti est entre de bonnes mains, je file retrouver Réglisse et mettre la suite de mon plan à exécution.

La nuit commence à tomber lorsque j'arrive devant la maison du trafiquant. Il y a de la lumière dans le salon et j'aperçois sa silhouette à travers les rideaux. C'est le moment idéal pour agir. Je me faufile dans le jardin jusqu'à la porte donnant directement à la cave.

Zut ! Le loquet bloque la porte de l'intérieur. Il me faudrait une tige en fer pour pouvoir le soulever ou alors…

faire carrément sauter la porte comme le ferait un super-héros avec… avec… un bonbec qui vous arrache la tête bien sûr ! J'appuie sur le bouton en forme de tête brûlée de ma super-combi et de la poudre crépitante m'arrive dans la main. J'en bourre la serrure et entends un « Boum ! » pas très discret mais efficace. La porte cède. La classe ! Au même moment, j'entends un camion se garer devant la maison. Sûrement l'acheteur.

Des cris de joie m'accueillent dans l'obscurité, mais pas de temps pour les politesses. J'entre dans la cage et desserre les colliers de ces pauvres bêtes. Le moment venu, il leur suffira de secouer la tête pour les enlever. Je me cache derrière une étagère remplie de boîtes de conserve juste avant d'entendre des voix dans l'escalier.

– Vous allez voir. Une petite injection de cet anesthésiant et le thylacine se tiendra tranquille pendant tout le voyage. Dans ce carton à jouets, on le prendra pour une peluche et vous pourrez passer les douanes sans aucun problème.

– Je constate que vous avez pensé à tout mon cher… Ah ! ah ! ah !

Réglisse me lance un regard désespéré. Il tremble de tout son corps. Le trafiquant ouvre la cage et y entre pour l'attraper. Les thylacines montrent les crocs et aboient férocement. Les chaînes qui les retiennent sont trop courtes pour agir davantage. En tout cas, c'est ce qu'ils laissent croire…

– Le petit est docile comme un agneau. Ne vous inquiétez pas.

Seringue à la main, il attrape Réglisse par la peau du cou, toujours roulé en boule.

Il joue son rôle de thylacine à la perfection ! Puis, alors que le trafiquant s'apprête à lui enfoncer l'aiguille dans le cou, il lui mord la main avec rage, jusqu'au sang.

L'horrible personnage le lâche en criant des gros mots que je ne répéterai pas… mais quand même, des gros **GROS** GROS mots. Réglisse en profite pour fuir hors de la cage. L'acheteur, surpris et paniqué, ne bouge pas d'un pouce en voyant son cher trésor s'enfuir sur ses quatre pattes. Soudain, il comprend la supercherie :

– Traître ! Escroc ! Ce n'est pas un thylacine. Cet animal est un chien ! Un sale cabot déguisé !

Le trafiquant ne comprend rien à rien. Son petit thylacine est un chien ? Son acheteur est en train de perdre la boule ! Mais ce dernier ne lui laisse pas le temps de s'expliquer et entre à son tour dans la cage pour le rouer de coups. J'en profite pour sortir de ma cachette et émettre un sifflement comme seuls les super-héros savent le faire. En l'entendant, les thylacines secouent la tête pour ôter leurs colliers et prennent la fuite, guidés par Réglisse.

Pendant que les deux affreux poursuivent leur combat de boxe dans la cage, j'appuie sur le « bouton chewing-gum » de mon avant-bras. Une énorme bulle se crée alors entre

mes mains. Je la dirige sur la cage qu'elle englobe bientôt entièrement. Puis, la bulle roule sur elle-même pendant que les deux bandits, complètement déboussolés, me lancent des regards désespérés. Une chose est certaine : ils ne sont pas près de s'enfuir !

Au loin, j'entends les sirènes de police et suis rassuré. Je vais pouvoir passer la main. En tout cas, je ne m'étais pas trompé, ma mère a été à la hauteur de la situation. Elle a pris soin du bébé thylacine et prévenu les autorités qu'un trafic d'animaux avait lieu à cette adresse.

Pendant que les policiers entrent dans la maison pour menotter les deux vauriens, je rejoins ma mère et lui adresse un regard reconnaissant. Je lui confie le reste de la famille thylacine. Elle n'en revient toujours pas.

– Des thylacines ! De véritables thylacines ! C'est incroyable ! L'humanité tout entière vous remercie. Comptez sur moi pour qu'ils retrouvent la liberté le plus tôt possible dans leur Tasmanie natale. Au fait, comment dois-je vous appeler ? Votre lettre était signée « Bonbec Boy ».

– C'est exact ! Je suis Bonbec Boy, défenseur des animaux !

– Bonbec Boy… Voilà un nom que je ne suis pas près d'oublier…

Je ne m'attarde pas. Trop peur qu'elle me démasque. Je fais une caresse d'adieu à mes protégés et je file retrouver Réglisse.

Le pauvre ! Au lieu de recevoir les félicitations, il s'est caché sous la voiture de police pour ne pas être reconnu par ma mère.

Sur le chemin qui mène à la maison, on marche le cœur léger, Réglisse et moi.

– Tu as vraiment assuré, Réglisse. Je suis fier de toi.

– Moi aussi, j'avoue… Je suis fier de moi. Au fait, tu n'oublies pas…

– Je n'oublie pas quoi ?

– Ce soir, c'est double ration de croquettes et… 100 % bœuf !

– Sacré Réglisse ! Et toi, tu n'oublies pas…

– Je n'oublie pas quoi ?

– Demain c'est… toilettage !

– Grrrrrrr… Dur, dur d'être le cabot d'un super-héros.

# LE THYLACINE
## Grand mammifère australien

Ses surnoms : **« loup de Tasmanie », « tigre de Tasmanie ».**

pour leur ressemblance, en taille et en poids

pour son pelage beige à rayures

**Comme les kangourous !**

Le thylacine possédait une longue queue raide et une poche ventrale. Surprenant non ? La femelle pouvait y transporter jusqu'à quatre petits. Nés aveugles et sans poils, ils y restaient pendant environ trois mois.

Ses proies principales :
des kangourous, des wombats, des wallabies, des opossums et des oiseaux.

La démarche maladroite du thylacine ne lui permettait pas de courir vite.

Par contre, **très endurant,** ce carnivore épuisait ses proies et les chassait, de nuit, en embuscade.

**L'ouverture de sa gueule** était incroyablement grande.

Malheureusement, il s'attaquait parfois au bétail. Une prime était offerte à chaque chasseur qui en abattait un. Ce fut l'une des raisons de son extinction. En 1930, pour protéger ses bêtes, un fermier tua le dernier thylacine sauvage.

Découvre tous nos livres
et nos autres romans sur
www.elanvert.fr

## Dans la même collection :

dépôt légal août 2021 - Bibliothèque nationale 978-2-84455-639-4
Imprimé en Europe - Loi n° 49-956 du 16 juillet 1949
sur les publications destinées à la jeunesse.

FSC
www.fsc.org
MIXTE
Papier issu de
sources responsables
FSC® C016890

Les éditions L'Élan vert bénéficient du soutien
de la Région Centre-Val de Loire,
de l'État (DRAC Centre-Val de Loire)
et de Ciclic Centre-Val de Loire

PRÉFET DE LA RÉGION CENTRE-VAL DE LOIRE
Liberté Égalité Fraternité
Direction régionale des affaires culturelles
çiçliç CENTRE VAL DE LOIRE
Centre-Val de Loire
www.centre-valdeloire.fr